Sana on ikuinen

Sana on ikuinen

Kertomuksia ja runoja

Paavo Räisänen

Olen julkaissut aiemmin BoD:in kustantamana useita kirjoja.
Kirjailija sivuni: www.kirja-lakka.com

© 2024 Paavo Räisänen

Kustantaja: BoD • Books on Demand GmbH, Helsinki, Suomi
Kirjapaino: Libri Plureos GmbH, Hampuri, Saksa
ISBN: 978-952-80-8408-2

Sisällysluettelo

Luvut:

Tieto, valta ihmisen

Miksi täysraittius. Sen voi perustella Raamatulla. Tosin Raamattu varoittaa lähinnä juopumuksesta, humalasta. Viinan käyttöä on vaikea hallita ja ajoittainen pieni alkoholin nauttiminen voi ryöpsähtää hallitsemattomaksi. Jeesus sanoi, kun asetti ehtoollisen, ettei Hän enää koskaan juo sen jälkeen viiniä, joka oli sen ajan ruokajuoma. Johannes Kastajasta sanottiin: "viinaa ja väkevää juomaa hänen ei pidä juoman". Hän jätti tässä esimerkin. Lestadius oli oman aikansa profeetta ja hän näki, että viinassa on saastainen henki. Tämä saastainen henki ei ole viinasta poistunut. Puheet muuttuvat heti, kun ensimmäinen kaljapullo avataan.

Paavi väittää olevansa synnitön ja tämä on hänen kadottava syntinsä. Raamattu todistaa, ettei yksikään ihminen ole synnitön. Sitä eivät olleet Neitsyt Maria, apostolit ja profeetatkaan. Yksikään ihminen ei myöskään ole ollut erehtymätön. Raamattu on Jumalan ilmoitus ja virheetön, mutta apostolit ja profeetat erehtyivät muuten toiminnassaan joskus. Vain Jeesus on ollut erehtymätön opettaja ja taivaltanut maan päällä synnittömät askeleet.

Epäuskoiset papit ja piispat elävät kuka missäkin harhaopissa. Maailmassa on paljon Kristillisiä yhteisöjä ja Kristillistä harhaoppia, kuten oli apostolien aikaan gnostilaisuus. Kenenkään muun opettajan nimissä, kuin Jeesuksen, ei ole syntynyt niin paljon harhaoppia ja sotia. Jeesus sanoikin: en mitä olet tullut tuomaan rauhaa, vaan miekkaa. Sillä Hänestä on sanottu, että Hän on lankeamukseksi monille. Ihmiset eivät halunneet uskoa Raamatun ilmoittamaan Jeesukseen ja Raamattuun kokonaisuutena Jumalan Sanana, joka on ikuinen ja ei muutu koskaan.

Marx oli oikeassa, että puhdas kapitalismi oli paha. Kapitalismin takana on saatana. Marx taisteli sitä vastaan hirveällä opilla. Marxin oppeja alkoi toteuttaa kommunismin väärä profeetta. Sen opin antoi langennut Jumalan enkeli, joka ei kuitenkaan ollut saatanan enkeli. Tämä enkeli taisteli saatanaa vastaan, mutta aivan hirvittävällä opilla ja oli niin vietelty, että vihasi Jumalaakin. Kommunismin väärä profeetta valehteli Kristityille olevansa saatanan oma ja asettui heidän vihollisekseen. Hän kyllä vainosi Kristittyjä, mutta hän ei ollut saatanan oma, kuten väitti.

Vihreän liikkeen takana on vahvoja saatanan voimia. He ovat uskoneet saatanan valheeseen, että Jumala saastutti ilmaston ja luonnon. Takana on kuitenkin pitkäaikainen saatanan tekemä työ Jumalaa ja Hänen valtaansa vastaan. saatana keksi juonen saastuttaa maailma ja syyttää siitä kerran Jumalaa ja hän oli juoninut kerran ottavansa hyvän ihmisen aseman ja alkavansa parantamaan maailmaa, jonka sanoi Jumalan pilanneen, vaikka oli tehnyt sen itse. Vihreä liike ei tunnusta Jumalaa ja on siksi saatanan vallassa ja se näkyy mm. heidän seksuaaliopeissaan.

saatanan oma

pyytää armoa

ei ota sitä vastaan

pettää sen

joka armoa tarjosi

Juonii Jumalaa vastaan

vetoaa armoon ja rakkauteen

on vihan lapsi

salaisesti

tyhjä kuori

saatanan valaisema

Työt, teot salaiset

pimeydessä tehdyt

kaivetaan julki valoon

arkistot avataan

Jumalan tuomio

tuo julki salatun

Menetetty siveys

Valhetieto

valhetotuus

täyttää maailman

saatana on kätkenyt

luoliin, arkistoihin

tieteellisesti totta tietoa

täyttä valetta

Vain Jumalan Sanan kirkas valo

paljastaa totuuden

Eikä kaikki totuus

koskaan paljastu

Jumala ei anna ihmisen

tietää kaikkea

Sodan salaisuus on suuri

Jumalan varjelema

Meikatut huulet

vaativat huoruuden

ne kutsuvat

kuin porton makea kieli

parittelemaan kanssaan

saatana opettaa monenlaisia

tapoja ihmisille,

jotka luopuvat Jumalasta

haluavat omaksi

käärmeen

Huora haluaa peittää

huoruutensa häpeän

meikatun maalin,

puuterin alle

Moni värjää hiuksensa

koska häpeää

Jumalaa

joka loi hänen hiustensa

värin

Ihmisen ei kuuluisi

koristella itseään liikaa

korvakorut

loi saatana

jotta niillä nainen tunnustaisi

että on

käärmeen pettämä

korvakoru miehellä

tunnustaa sisällä asuvan

saatanan

Makkabealaiskirja kertoo Ratsimuksesta, joka oli joutumassa saatanan joukkojen vangiksi ja ennemmin tappoi itsensä heittäen henkensä Kristuksen käsiin. Teko on sopimaton, koska Jumala ei hyväksy itsemurhaa. Ratsimus oli hurskas, neitsyt mies ja häntä uhkasi homojen ja käärmeiden seksiorjuus saatanan temppelissä. Hänelle olisi tehty kaikki tunnettu Pyhän Hengen pilkka ja sillä murhat. Tämä kertomus on tallennettu Apogryfikirjoihin luettavaksi, mitä maailman pahuus voi saada aikaan. Tämä ei ilmeisesti ole historiallinen tosikertomus, vaan pyhän miehen ilmestys.

Paavali kirjoitti kirjeitä palveluspiian kanssa. Piika oli nöyrä Kristuksen palvelija ja oli ottanut vastaan kuoleman Kristuksen nimen tähden. Hän tiesi, että häntä todennäköisesti odotti marttyyrikuolema Jumalan palvelemisesta. Hän ilmeisesti paljastui Paavalin apulaisena ja koki marttyyrikuoleman.

Raamattu kuvaa osuvasti tämän päivän ihmistä. Hän on irtaallinen ja rakastaa itseään ja ajallinen ura on hänen päätavoitteensa ja haaveensa ja hän haluaa päästä kaikesta helpolla ja hän uhrautuu muiden puolesta vain saadakseen itselleen kunniaa.

Musiikki-runo esitysteni sanoja

Nämä videot on musiikin kanssa julkaistu YouTube kanavallani, jolle on linkki kotisivultani www.kirja-lakka.com

Tänään

Tulee päivä ennustettu

että he etsivät opettajat

oman korvasyyhynsä mukaan

luopumus mahdollistaa tämän

saatanan saama kansansuosio

hänen tekemänsä tyhjät kuoret

vaeltavat seksin voimalla

barrikadilta toiselle

Kuten on ennustettu

päivä on irtaallisten

he rakastavat hekumaa

seksi ja baal ovat heidän jumalansa

he hylkäävät Jumalan Sanan

ottavat tilalle jumalaksi

aatteet moninaiset

kieltävät Jumalan

He sanovat:

Jeesus sallii nyt huorinteon

kaiken synnin

Sillä heidän opettajansa

Jumalasta luopuneet

näin heitä opettavat

Raamattu sanoo:

"Hänen Sanansa on ikuinen,

tahtonsa muuttumaton"

Laki annettiin Siinailla

taivas jyrisi ja leimusi tulta

Lakia ei ole koskaan kumottu

kuten Jeesus opetti

saatana tuomittiin lain alle

on siitä lähtien sitä vihannut

etsinyt tilaisuutta

päästä sen alta pois

Koitti aika heikkojen paimenten

joiden tuntoa polttivat

synnit sovittamattomat, luopumus

"Raamattu on vanhentunut"

he saarnasivat

saivat uuden opin saatanalta

antikristukselta

sillä hän on se

joka nousee Jumalaa vastaan

He vihaavat sitä

joka oikein opettaa

Raamattu sanoo:

rakastaa Herran lakia

julistaa sitä päivin öin

"Laki on hyvä"

opetti Jumala Paavalin kautta

se suojelee elämää

saatana teki Pyhän Hengen pilkan

Raamatun mukaan sovittamattoman

ihmiset mieltyivät siihen

saatana sanoi:

"nyt tarjotaan kaikille rakkautta"

tarkoitti seksiä

saatana vihaa avioliittoa

tahtoo särkeä sen säädyt

erottaa ihmiset toisistaan

hän vihaa lasta, nuorta

tuo kouluihin, päiväkoteihin

oman opetuksensa

opettaa vastaanottimensa kautta

myös kotona

Särki Jeesus ristillä

saatanan vallan

Hän liehuu voitonlippuna

keskellä kansaansa

tule ja katso

Hän yhä

siellä, missä Hänen omansa

Oppi jumalaton

Homous neitseiden poikien kanssa

oli roomalaisten synti

miksi apostolien oli kuoltava

saatana on homo

halusi neitseet

Tuli aika jumalaton

saatana halusi jälleen naida neitsettä

toi lait, kouluopetuksen

jotta poika antautuisi

homon uhriin naitavaksi

Hän sekoitti sukupuolet

sääti siitä lain, asetuksen

alkoi kasvattaa pojista tyttöjä

tytöistä poikia

jotta tuhoaisi ihmisen

saisi neitseen lihaa

Hän päätti kasvattaa

pojista homoja itselleen

käärmeilleen lesboja

jotta tuhoaisi

Raamatun ilmoituksen

ihmiskäsityksen

Mieltyi ihminen jumalaton

saatanan omaksi antautunut

oppiin saatanan

herätti nuorisovillityksen

sai vaatimansa lait

herjata Jumalaa

Armahda Kristus Herramme

maailmaa jumalatonta

koittaa kerran tuomio

armon aika on ohi

tulisilmäinen on tuomari

jokainen saa

tekojensa, oppiensa jälkeen

armoa ei tunneta

kohtaan jumalattoman

Syvyydestä noussut

Koitti aika jumalaton

baal nosti takaisin papittarensa

Pyhän Hengen pilkka takanaan

pojan uskon surma

vaati Jeesuksen kuoleman uudestaan

ristille, ristille, huusi papitar

Takana saatanan oma mies

vaati teot

ei kestänyt itse päivänvaloa

eli loukoissa pimeissä

osassa fariseuksen

tuomittu

Vaati virat pyhät

ei uskonut puhutteluun

vaati tuomion

sai tuomion

valittaa Jumalan tuomiosta

ei nöyrry parannukseen

Jeesus on tuomari kerran

lukee viimeisen

tuomion

lopullisen

On myöhäistä itku, vaikerrus

Kuuluu Sana:

"totisesti en minä tunne teitä,

menkää pois, te kirotut"

Vanhat metkut

Käärme käytti vanhaa metkuaan

hän naamioitui papittareksi

sisällä helvetin tai valheen enkeli

kuin muinoin

kun oli baalin papitar

saatanan palvojien

Hänellä oli uusi ase

Jeesus ja Hänen Sanansa

sen hän väänsi mieleisekseen

teki kaikesta sallittua

paitsi vihasi synnistä puhuttelua

väänsi totuuden

baalin modernilla papittarella

oli vihollinen vakava

Herran kansa, saarna sen

sattui hänen sieluunsa

teki tyhjäksi hänen oppejaan

poika oli pahin

ei uskonut kuoreen ulkokullatun

Käärme on mies

saatanan viettelemä

elää pimennossa

ohjaa sieltä toimintaa

liian paha

julki tulemaan

Myöhäistä lapseni, myöhäistä

ei armon aika ole loputon

jos tunto paatuu täysin

antautuu oppiin saatanan

voi Jumala sulkea tunnon

ei enää auta

itku, vaikerrus

"Ja Ramasta kuuluu huuto,

kun Raakel itkee lapsiaan"

ehkäisyllä tapettuja

sillä kuten Paavali kirjoittaa naisesta

kun epäilee hänen uskoaan

"kuitenkin hän lasten synnyttämisen kautta,

autuaaksi tulee"

Sana Jumalan

näki tämän päivän itsekkään

ihmisen

Häät

"Mä Yljän häissä kerran,

viritän kanteleet"

Soi kiitoslaulu

helein kielin

on poissa savikieli

soi sydän virttä

lailla kielen kiitoksen

Kuolema on portti

häihin iäisiin

Kun vähän aikaa jaksaa

tunnustaa uskoa

kilvoitella vaivan tiellä

on edessä palkka

iäinen

Tuska on matka usein

kyynelten laaksossa

pilkka, vaino

on osa uskovaisen

alennustie

luopumista

paljon luopumista

Kannattaa uskoa

sisaret, veljet rakkaat

ei palkkiota iäistä

voi sanoin kuvailla

Karitsan kasvoja katsellessa

kiittää voittaja

Iäinen on ilo

ei autuutta voi kuvailla

rakkaus saa täyttymyksen

puhtaus,

riemu, onni

On osa voittajan

Laulavat enkelit kiitosvirttä

lauluun yhtyy voittaja

Karitsan edessä

laulaa

taistelun sankarit

jotka kyynellaakson teillä

heikkouttaan valittivat

Hän on keskellämme

Hän kyllä kuoli

ja Hänet haudattiin

ei hauta

ei kuolema pidätellyt

kuoleman voittajaa

Hän on ylösnoussut

Jeesus asuu omissaan

on sydänten valtias

tutkii, tuntee sielut

köyhät

vaivatut

Keskellämme Hän vaeltaa

veljenä seurassa

Kotien on Herra

Rakkauden, armon lähde

pohjaton

Kerran Hän istuu

tuomarin istuimelleen

jakaa kansan kahtia

vain kaksi on joukkoa

kumpaan sinä kuulut?

Ovat siunatut ja kirotut

siunatut ne, jotka uskoivat

kirjoitetun, puhutun Sanan

toisessa joukossa ne

jotka keksivät

Jeesuskuvansa itse

Vielä on armon aika

Sanaa saarnataan

voi tulla paatumus

väärä profeetta

vie joukon harhaanjohdetun

ei Jumala puhuttele

ikuisesti

Kun Sana koskettaa

kiiruhda luokse armoalttarin

kuuluu sovituksen ääni

veri priskuu alttarilta

pesee tunnon puhtaaksi

anteeksiannon saarna

vapauttaa syntisen

Pieni ihminen

"Lisääntykää ja täyttäkää maa." Jumala tahtoo paljon lapsia. On joitain ylikansoitettuja maita, joissa voisi katsoa Jumalan tahdon, maan täyttämisen ihmisillä täyttyneen. Tämä ei koske esim. Suomea. Suomessa on väestökato ja tänne mahtuisi hyvin 50 miljoonaa ihmistä. "Lapset ovat Herran lahja ja kohdun hedelmä on anto." Jos on vakava terveydellinen syy, asia ehkäisyn suhteen on eri. Muuten se kadottaa. Jumala näki tämän ajan, kun antoi Raamatun. Hän kirjoitutti Paavalin kautta epäilyksen, pelastuuko nainen ja tekstin: "kuitenkin hän lasten synnyttämisen kautta autuaaksi tulee". Tämän ajan ihminen on itsekäs. Hän ei haluaisi lapsia huollettavakseen, vaan ajattelee uraansa ja elintasoaan.

"Lankesi, lankesi suuri Babylon", kuten on ennustettu. Koko Länsimaailma jopa kirkkoja myöten otti kadottavat homo- ja transopit. Ne käskytti saatana pimennosta ja hänen väärä profeettansa keksi valheelliset opit niistä tiede maailmaan. saatanan väärä profeetta on tuhansia kertoja ihmistä älykkäämpi ja häntä vastaan voi taistella vain Jumalan Sanalla ja saatana osaa tehdä hyviä ihmisiä ja luoda jaloja aatteita ja nykyinen humanismi on hänen suuri aseensa.

Tanssit keksi saatana. hänen käärmeensä pitää valtaa tanssi- ja huvipaikoilla ja hän kerää huorinteot niissä kulkijoilta. Tanssiminen on huorinteko. käärme tarkkailee tanssijoita ja ottaa heidän himonsa ja sitoo kahleisiin, joista on vaikea vapautua ja yleensä tanssipaikoilla kulkeminen johtaa huorintekoon yhdyntänä ja sen teon vaatii saatana ja sitoo vahvoihin kahleisiin ja ottaa ihmisen valtaansa ja alkaa johtaa koko hänen elämäänsä ja arvomaailmaansa.

Raamattu opettaa, että me olemme kallisti ostetut ja emme ole meidän omamme, vaan kuulumme Kristukselle. Raamattu sanoo myös, ettei ihmisessä ole mitään omaa. Kaikki on Jumalan lahjaa. Ihminen voi kuitenkin langeta ja antaa itsestään valtaa saatanalle, Jumalan vastustajalle. Jumala on luonut ihmiselle persoonan ja vapaan tahdon päättää, kumman herran, Jumalan vai saatanan, hän valitsee. Sillä "kukaan ei voi palvella kahta herraa, toista hän vihaa ja toista rakastaa", kuten Jeesus opetti.

Jumala omistaa kaikki sielut. Hän kokoaa ne kaikki kerran Kristuksen tuomioistuimen eteen. Jumalan enkeli vartioi ihmisen sielua hänen kuolemansa jälkeen, vaikka hänen ruumiinsa olisi poltettu ja ripoteltu tuhkana mereen. On ihmisiä, jotka sanovat myyneensä sielunsa saatanalle. Tämä teko ei ole mahdollinen, sillä saatana vain valehtelee, että omistaa sieluja. Hän ei omista yhtään sielua, mutta hänellä on vankeja ja orjia ja ihminen voi kyllä paaduttaa itsensä niin pahasti, että on suuri Jumalan ihme, että hän saa parannuksen.

Ihminen ei ole hyvä. Hyväksi itsensä luuleva ihminen on saatanan viettelemä ja hänet kadotetaan. Uskovainen saa uskoa itsensä pahana pyhäksi ja syntisenä vanhurskaaksi. Pahakaan ei kuulu olla, siitäkin Raamattu varoittaa, mutta uskovainen usein tuntee syntisyyttään olevansa paha. Ihminen on syntinen. Siitä hän ei pääse mihinkään.

Pieni on ihminen

Herransa, Jumalan edessä

suuri ihminen

on saatanan viettelemä

itseään täynnä

paisunut

Ei Kristus asu hänessä

hän kulkee joukossa kadotettujen

nöyryyttä, hiljaisuutta

Jumala tahtoo

omiltaan

ostolaumaltaan

joukolta valkopukuisten

taivaallisen hääväen

Keveä ja sovelias ies

Maan päällä on aina ollut hirveä taistelu saatanaa vastaan ja se on vaatinut syyttömiä uhreja. Keisari Nero ilmeisesti poltti itse Rooman. Se oli hänen hirveä sota aseensa saatanaa vastaan. Hän teki Kristityistä syypäitä. Nero uskoi Paavalin olevan oikeassa, mutta hänellä ja koko Rooman esivallalla oli liikaa syntiä, että he olisivat nöyrtyneet parannukseen ja niin Nero mestasi Paavalin, joka tiesi tilanteen koko ajan. Ja tämä on vakava varoitus synnistä, mitä seuraa, kun antaa pahalle edes pikkusormen.

Freud sai seksuaali oppinsa käärmeiltä ja saatanan omilta miehiltä. Hänen oppinsa, että ihminen tietyssä mielentilassa himoitsee kaikkea, mitä näkee, eläimiä, esineitä, jne. on tavallaan totta ja oikea. Freud kuitenkin väitti sen mielentilan olevan normaalia ja hän toteutti sellaisen maailman käärmeidensä ja saatanan omien miesten kautta. Tuo mielentila on totta, mutta siihen ei saa jäädä asumaan ja elämään.

Roomalaisten paha synti, mistä heidän oli lähes mahdoton tehdä parannus, oli homous neitseiden poikien kanssa, mikä on saatanan työtä. Tämän synnin takia apostolien oli kuoltava, sillä Rooman esivalta tiesi apostolien olevan oikeassa, mutta esivallalla oli liikaa syntiä ja heidän parannuksen tekonsa oli lähes mahdoton ja saatana vaati apostolit, joita ihmiset eivät uskaltaneet puolustaa ja Jumala järjesti, että esivalta teloitti apostolit, eikä heitä saanut saatana.

Aurinko, kuu, tähdet

ne kaikki kunnioittavat Luojaa

joka ne taivaalle asetti

kuun valo

Jumalan lain valo

laki on Jumalalta

laki on hyvä

suojelee uskovaista

aurinko

vertauskuva

Kristuksen Armoauringon

säteistä

Tähdet

puhujat

jotka saarnaavat tähtitaivaalla

Jumalan kansan saarnamiehet

ei lopu Herran kansan saarna maan päältä

ennen aikojen loppua

Uskovainen kantaa

Jeesuksen jättämää iestä

Kristuksen ies

on keviä

ja sovelias kantaa

Maailman ies

epäuskoisen

on synnin orjuuden ies

raskas

Vaihda ies Kristuksen iekseen

sen saa

kun uskoo

kaikki syntinsä anteeksi

Homouden syntyyn on olemassa kolme eri päätietä. Suurin osa homoista syntyy olosuhteiden vaikutuksesta. Eletään olosuhteissa, tai ajaudutaan sellaisiin, joissa ihannoidaan homoutta. Toinen suuri syntysyy on ihmisen hillittömät himot. Huorintehnyt ihminen himoitsee lisää seksiä ja kaikille ei heterosuhteet riitä, vaan haetaan nautintoa ja uusia kokemuksia homoudesta. Kolmas pääryhmä on homot, joita pidetään synnynnäisinä. Synnynnäistä homoutta ei ole. Saatana viettelee jotkut pojat hyvin pieninä lapsina ennen heidän muistinsa alkamista ja sytyttää halun toisiin poikiin. Tämä kohderyhmä on vaikea saada luopumaan taipumuksestaan, mutta ei mahdoton. On muistettava, että himot ja niiden täyttäminen on kaksi eri asiaa. Ei kaikkia himoja, joita tuntee, tarvitse, eikä saisi täyttää.

Vajaa on kiitokseni, Herra

köyhä, kankea

savikieleni

Niin epätäydellinen

rakkauteni

Kerran kiittäjäin joukossa

vajaa muuttuu täydellisyydeksi

ei kuulu itku, vaikerrus

edessä Istuimen

Sana opettaa

Uhkarohkeus on synti, joka vaivaa eritoten miehiä ja poikia. Jumala ei salli vaarantaa henkeään tai terveyttään turhan takia. saatana saa aikaan sen, että ihminen haluaa olla uhkarohkea ja se valehtelee pelkäävänsä sitä, mutta se on saanut jo voiton, kun on saanut vieteltyä syntiin. On eri asia, että on työtehtäviä, joissa joutuu vaarantamaan terveytensä ja jopa henkensä. Silloin Jumala siunaa sen vaarallisen työn, tai tehtävän.

Ihmistä viettelee hänen oma himonsa. Pienellä lapsella ei ole lihan himoja, mutta jo hänessä asuu perisynti, joka viettelee. Jeesus opetti, että sydämestä nousevat huoruudet ja pahat ajatukset. Nämä viettelevät ihmistä ja saavat aikaan muita syntejä, kuten halun tavoitella maallista kunniaa, loistoa ja rikkauksia. Kuten Raamattu opettaa: ne jotka rikastua tahtovat, joutuvat häijyyn henkeen. Rikastumisen himon takanakin on, että sydän on langennut ensin sieltä nouseviin synteihin.

Terveys on Jumalalta. Luther opetti, että Jumalan Valtakunta on suuri sairaala, jossa hoidetaan syntisairaita. Lestadiuksen lehden nimi oli "Hulluinhuonelainen". saatana on hullu, joka levittää sairauttaan ja saa kyllä uhreja. saatana on aina opettanut koko Jumalan maailman hulluudeksi. Liiallinen terveyden ihannointi ei ole oikein. Siinä unohdetaan heikot ja toisaalta otetaan usein oppeja, jotka ovat vieraita Jumalan opettaman maailman kanssa.

Jeesus opetti, että sydän on pahanilkinen ruumiinosa, josta nousevat huoruudet ja pahat ajatukset. Ihminen on kaksiosainen ja hänessä taistelevat synnin turmelema vanha osa ja uusi osa, joka on Kristuksessa. Siksi Raamattu opettaa: autuaat ovat puhtaat sydämestä. Sillä ihmisen sydämestä taistelevat Kristuksen henki, joka asuu uskovaisen sydämessä, sekä oma turmeltunut luonto, jota kannamme koko maisen vaelluksemme.

Järki on Jumalan lahja. Ihmisen järjen on kuitenkin syntiinlankeemus turmellut. Raamattu opettaa, että järki ei ymmärrä niitä, jotka Jumalan ovat. Siksi apostoli sanoo: järki sotii uskoa vastaan. Ihminen ei voi järjellään uskoa ja ymmärtää Jumalan salaisuuksia. "Usko on se, joka maailman voittaa," opetti apostoli. Järjen on oltava kuuliainen Jumalan Sanan neuvoille. Ihminen ei ymmärrä kaikkea, mitä Raamattuun on kirjoitettu. Se on kuitenkin Jumalan oma ilmoitus ja pitää paikkansa nyt, aina ja ikuisesti, mutta siinä on kohtia, jotka eivät avaudu ja joille joudumme nostamaan hattua, kuten Luther opetti.

Raamattu opettaa: eipä ihminen paljon eläimestä eroa. Tämä on ymmärrettävä oikein. Ihmisellä on samanlaisia viettejä kuin eläimillä, mutta ihmisellä on kuolematon sielu, jota ei ole eläimellä ja eläin ei omista uskoa samalla tavalla kuin ihminen. saatana on aina halunnut tehdä ihmisestä eläimen. Hän sai aikaan Pavlovin koirakokeet. Edes eläin ei vapaana käyttäydy, kuten Pavlovin luomissa koe olosuhteissa. Se, että tällaiset koetulokset on otettu ihmisen käyttäytymisen tutkimisen malliksi, on saatanan työtä.

Elävä Kristillisyys sai alkunsa Paratiisissa. Se kulki Israelin kansan keskuudessa pienenä vähemmistöjoukkona aina Jeesuksen päiviin. Jeesuksen aikana Kristittyjä oli vähän. Jeesus syntyi heidän pariinsa. Opetuslapset lähtivät viemään sanomaa Vapahtajasta ja myöhemmin apostolien perustaman alkukirkon jälkeen mukaan tulivat kirkkoisät. Pian sen jälkeen tapahtui suuret eksytykset ja valheen enkeli perusti Roomalaiskatolisen harhaopin, jonka sisälle Kristillisyys pienenä joukkona jäi. Tähän ilmaantui myöhemmin mm. Jan Hus ja Luther. Kumpaakaan ei Kristityt oikein uskaltaneet tunnustaa, vaan heidän työsarkansa oli yksinäinen ja Hussin kirkko kirosi, tuomitsi helvettiin harhaoppisena ja poltti roviolla. Hän oli yksi Lutherin edeltäjistä. Luther ja Hus olivat uskovaisia. Lutherin työn seurauksena kirkko alkoi levitä lähinnä ihmisten mielihalujen mukana, koska hänen oppinsa miellytti valtioiden päämiehiä ja joitain hengellisiä opettajia. Elävä Kristillisyys jäi pienenä hiljaisena joukkona elämään sen keskelle. Kristillisyys kulkeutui Ruotsiin ja siihen teki parannuksen Lestadius. Uskovaiset olivat silloin nimeltään Lukijaisia, mutta Kristittyjä alettiin sen jälkeen kutsua Lestadiolaisiksi. Uskovaisia on aina ollut vähän. Mooseksen aikaan kapinoivat israelilaiset eivät olleet uskovaisia. Uskovaisilla oli aina salattu tieto, että laki ei kuulunut uskovaisille, vaan pahantekijöille ja jumalattomille ja siksi Raamatun uskovaiset kuninkaat, joilla oli salainen tieto laista, eivät säätäneet sitä maalliseen lakiin, koska laki oli lähinnä hengellinen. Laki mahdollisti kuitenkin sen, että erittäin pahat lainrikkojat, jotka eivät katuneet, voitiin hengelliseltä esivallalta kivittää.

Hänen rauhansa

"Jokainen, joka huutaa Herran nimeä avuksi, pelastuu." Mutta "he sanovat Herra, Herra ja en minä tunne heitä." Ja meidän kuuluu rakastaa Jumalaa ja lähimmäistä. Mutta joka Jumalaa rakastaa, hän pitää Jumalan Sanan ja tahdon. Se vaatii mm. syntisen puhuttelun, jota ei saa laiminlyödä, kuten väärä paimen tekee. Ja joka aidosti huutaa Herraa avuksi, täyttää Hänen tahtonsa ja noudattaa Hänen Sanaansa ja sen neuvoja.

"Rauhan minä annan teille, oman rauhani minä annan teille, en minä anna niin kuin maailma antaa", sanoi Jeesus. Jumalan rauha ei tarkoita sitä, että uskovaista ei voi kohdata onnettomuus. Marttyyreillä oli tunnon rauha, että he pelastuvat kuollessaan ja siksi he rohkeutta täynnä kävivät kiitosvirsiä laulaen mestattavaksi. Heillä oli Jumalan rauha.

Opetuslapset pelkäsivät suljettujen ovien takana Jeesuksen kuoltua. Heiltä oli mennyt Jumalan rauha, koska he olivat nähneet Herransa ja Vapahtajansa kuoleman, ja he olivat ihmeissään ja ajattelivat saatanan saaneen voiton.

Ihmisellä on luontainen kuolemanpelko. Jeesus sanoi: joka henkeänsä rakastaa, hän sen menettää. Jos Jumala laittaa niin tiukille, että vaatii ihmiseltä kuoleman uskon tähden, Hän antaa rohkeuden ja tunnon rauhan kohdata tilanne. Tämän Jumala teki marttyyreille.

Enkelit lauloivat kedolla paimenille Jeesuksen syntyessä: "maassa rauha ja ihmisillä hyvä tahto". Koko ajan Jeesus vauvaa vaani vihollinen, joka halusi murhata Hänet. Enkelit kertoivat siitä sanomasta, mitä Jeesus oli julistava. Jeesus antoi tunnon rauhan ja Hänen opetuksensa noudattaminen antaa hyvän tahdon lähimmäistä kohtaan.

Tieto ja totuus

Jesajan uskon silmä oli ihmeellinen. Hän näki Jeesuksen ristin ylitse aina aikojen loppuun asti ja ennusti tulevaa pitkälle vuosituhansien päähän. Profeetat eivät pysähtyneet ristille. Kun Jeesus kuoli ristillä, hän päästi Vanhan Testamentin profeetat ja patriarkat kulkemaan kuin saattueena ohitseen myös Uuden Testamentin aikaan esikuviksi ja voiman ja sanoman lähteeksi. Lakia ei kumottu ristillä, vaan täytettiin. Lain käytön lopetti Israelissa roomalainen esivalta, mutta sitä ei koskaan kumottu.

Jo Vanhan Testamentin uskovaiset uskoivat Jeesukseen, mutta tulevana lupauksena ja perustivat uskonsa Häneen. Jeesuksessa lupaus toteutui. Jeesus sanoi: Hän ei tullut lakia päästämään, vaan täyttämään ja että laki ei koskaan häviä, eivätkä profeetat. On olemassa harhaoppia, että profeetat eivät kuulu tähän aikaan. Heidän saarnansa on edelleen yhtä ajankohtainen, kuin silloin, kun ne kirjoitettiin.

saatanalla oli pitkän ajan suunnitelma, kun hän keksi tasa-arvon. Hän esiintyy maan päällä pahimmassa muodossaan tekemässään käärmeessä, joka on mies. Mutta hän on liian paha tulemaan julki. Hän viettelee naisia ja nostaa naisen taistelemaan puolestaan, koska miehen on paha sotia naista vastaan. Jumala kyllä ajaa myös naisten oikeuksia, mutta Hänellä on aivan toisenlainen kuva miehestä ja naisesta, kuin saatanalla.

Kun saatana keksi tasa-arvon, hänen oli keksittävä uudet seksuaali- ja siveys opit. Ison lapsiperheen äiti ei ollut sopiva hänen aseekseen. saatana loi vapaan seksuaalisuuden, joka opetti, että avioliitto on naisen alistamista ja hänellä on herrasmiehiä, jotka tyydyttävät naisten tarpeet ilman sitoutumista. Hänen oli vaikutettava politiikkaan ja mediaan. Hän sai aikaan Raamatun arvovallan murenemisen, jonka jälkeen hän lähes kaappasi vallan maan päällä, koska Raamattu on ainoa ase häntä vastaan ja niinpä ihminen, jonka hän oli sitonut kahleisiinsa, oli hänen ohjattavissaan ja tapahtui suuri lankeemus. Voi maailmaa sen synnin tähden. Jumala tarjoaa vielä armoa, kautta palvelijoidensa.

Jeesus voitti saatanan ristillä, mutta saatana ajettiin voitettuna takaperin pimeisiin loukkoihinsa. baal oli yksi saatanan olomuoto, samoin antikristus ja Ilmestyskirjan peto. Noin sata vuotta sitten alkoi saatanan esiintulo voimakkaana. Hän perusti baalin palvonnan uudelleen, uudessa muodossa, jota ihmiset eivät ymmärtäneet. saatana keksi TV:n ja elokuvat, baalin palvonnan uudessa muodossa. Ilmestyskirjan pedot alkoivat elää. Syntyi monipäisiä petoja, elokuvastudioita, joilla oli omat TV kanavat. saatana toi monta isoa porttoa, himokasta näyttelijää, jotka tulivat koteihin TV:n kautta ja tekivät huorin maan kuninkaiden kanssa ja vaativat vallan, että heitä on toteltava. Alkoi voimakas maallistuminen. Monet kielsivät Jumalan. saatanalla oli apunaan väärä profeettansa, henki, joka vaikutti monissa ja joka oli asettunut yliopistoihin ja keksi Raamattua kumoavaa ateistista tiedettä, täyttä valetta, mutta mahdotonta koskaan kumota, koska oppien takana on ihmistä tuhansia kertoja älykkäämpiä valheen enkeleitä. Ne voi vain torjua ja hylätä Jumalan Sanaan vedoten.

Ihminen oli ahne. Hänelle ei riittänyt vaatimaton elintaso ja omaisuuden vaatimaton nauttiminen Jumalaan turvaten. Hänen piti tehdä uusia keksintöjä ja hän ei alentunut niissä Jumalan edessä ja antanut Hänelle kunniaa. saatana alkoi toimia. Alkoi ihmisten muutto kaupunkeihin surkeisiin teollisuus olosuhteisiin. Ihmisten pahoinvointi lisääntyi ja alkoi esiintyä kapinaliikkeitä ja -aatteita. Kaiken sai aikaan saatana, mutta hän on ovela ja syytti Jumalaa ja niinpä kapinaliikkeet, joiden pahoinvoinnin saatana oli saanut aikaan, alkoivat ateistisesti taistella Jumalaa ja Hänen maailmaansa vastaan.

Kiitos ja kunnia

olkoon Jumalan

salaisuuksien tuntijan

Hän yksin tietää kaiken

Hän on voittamaton voimassaan

maa on Hänen astinlautansa

Sela

Kunnia kohotkoon korkeuksiin

kaiken hyvän

myös koettelemusten

antajalle